Papel certificado por el Forest Stewardship Council®

Para Lucía, Koke y Laura

Primera edición: abril de 2025

© 2025, Alberto Soler y Concepción Roger
© 2025, Penguin Random House Grupo Editorial, S.A.U.
Travessera de Gràcia, 47-49. 08021 Barcelona
© 2025, Nerea Vicente, por las ilustraciones
Diseño de la cubierta: Penguin Random House grupo Editorial / Paola Timonet

Penguin Random House Grupo Editorial apoya la protección de la propiedad intelectual. La propiedad intelectual estimula la creatividad, defiende la diversidad en el ámbito de las ideas y el conocimiento, promueve la libre expresión y favorece una cultura viva. Gracias por comprar una edición autorizada de este libro y por respetar las leyes de propiedad intelectual al no reproducir ni distribuir ninguna parte de esta obra por ningún medio sin permiso. Al hacerlo está respaldando a los autores y permitiendo que PRHGE continúe publicando libros para todos los lectores. De conformidad con lo dispuesto en el artículo 67.3 del Real Decreto Ley 24/2021, de 2 de noviembre, PRHGE se reserva expresamente los derechos de reproducción y de uso de esta obra y de todos sus elementos mediante medios de lectura mecánica y otros medios adecuados a tal fin. Diríjase a CEDRO (Centro Español de Derechos Reprográficos, http://www.cedro.org) si necesita reproducir algún fragmento de esta obra. En caso de necesidad, contacte con: seguridadproductos@penguinrandomhouse.com

Printed in Spain – Impreso en España

ISBN: 978-84-10269-34-7
Depósito legal: B-2.699-2025

Compuesto por por Comptex&Ass., S. L.
Impreso en Gómez Aparicio, S. L.
Casarrubuelos (Madrid)

BL 6 9 3 4 7

ALBERTO SOLER

CONCEPCIÓN ROGER

Hoy jugamos TODOS

Un cuento para prevenir el bullying

Ilustraciones de NEREA VICENTE

B DE BLOK

El día empezó como suelen empezar los días cuando tienes **SEIS AÑOS**: con bastante sueño, besos, un vaso de leche y muchas prisas. Pero, a pesar del apuro, cuando se abrieron las puertas del cole ellos ya estaban allí, nerviosos por entrar. Les gustaba llegar pronto porque así podían jugar en el patio mientras llegaba el resto de las niñas y los niños. **RITA**, **JULIA**, **NICO** y **LEO** se conocían desde la escuela infantil y siempre habían ido juntos a clase.

Aquel iba a ser un día especial porque sabían que llegaría **LUCAS, EL NIÑO NUEVO**. En el aula ya tenía su sitio listo desde hacía una semana, con su foto en la pared y el casillero vacío para que dejara sus cosas.

Y ahí estaba él, en la puerta del cole, amarrado al **DINOSAURIO DE JUGUETE** que le acompañaba a todas partes desde que se lo regaló su abuelo. Aunque él no sabía muy bien por qué, pensaba que le daba suerte. Y ¿cómo estaba Lucas? Pues como estaría cualquier niño que empieza nuevo en un cole un lunes corriente de noviembre: con esa cara de **«SÍ, SOY EL NUEVO Y AÚN NO SÉ NI DÓNDE ESTÁ EL BAÑO»**.

—Hola, yo soy Rita —dijo con una sonrisa una de las niñas que estaba a su lado.

—Y yo soy Nico. Tú eres Lucas, ¿verdad? Vienes a nuestra clase.

—Eeeh, sí, supongo. ¡HOLA! —respondió visiblemente nervioso.

—Qué guay que te haya tocado en nuestra clase —dijo Julia—. Nos tienes que contar todo sobre ti.

Lucas estaba un poco abrumado. Y como para no estarlo: ¡todo era nuevo! Pero pensó que aquellos niños y niñas harían que el día fuese mejor.

El timbre sonó. **¡ERA HORA DE IR A CLASE!** Lucas siguió a sus nuevos compañeros pensando en que a continuación le tocaría presentarse delante de toda la clase. **¡GLUPS!**

Estaban subiendo las escaleras cuando se topó con Max, que al pasar por el lado de Lucas le tiró su dinosaurio al suelo de un manotazo y comenzó a reírse…

—¿Aún juegas con dinosaurios? ¡Eso es de niños pequeños! **¡JA, JA, JA!**

Y mientras Lucas se agachaba a recoger su dinosaurio, un buen puñado de niñas y niños que Lucas no conocía **ROMPIERON A REÍR**. Al parecer, les parecía muy graciosa la broma de Max.

—Creo que ya has conocido a **MAX**… —le dijo Nico con cara de circunstancias.

—¿Max?, ¿qué nombre es ese?

—Su abuelo se llamaba Maximiliano y él heredó su nombre… La verdad, le va que ni pintado porque **ES EL MÁS GRANDE DE LA CLASE**…

Durante el patio la cosa no fue mucho mejor para Lucas: Max y sus amigos creían que era muy gracioso poner las manos como un **TIRANOSAURIO** y hacer gruñidos cada vez que pasaban por su lado. Lucas intentaba hacer como que la cosa no iba con él, pero en realidad se sentía cada vez más agobiado.

Rita, Julia, Nico y Leo se dieron cuenta de todo y, cuando sonó el timbre para volver a las clases, Julia le dijo al resto en voz baja, para que Lucas no lo oyera:

—¡**MANOS A LA OBRA**!

—Activamos el plan —contestó Nico—. ¡**A VUESTRAS POSICIONES**!

El primer paso era **HABLAR CON LA PROFE**. Y así lo hicieron: fue Rita la encargada de contarle a su maestra que Lucas, el niño nuevo, lo estaba pasando mal en el patio por culpa de Max y sus amigos.

—Bueno, bueno, ¡pero qué velocidad! Qué atentos sois. Veo que ya os habéis **PUESTO EN MARCHA** —le dijo la maestra guiñando un ojo. Rita no contestó, pero la sonrisa de oreja a oreja que puso lo decía todo—. No os preocupéis, yo hablaré con Max, y vosotros seguid apoyando Lucas como seguro que ya estáis haciendo.

DICHO Y HECHO. Durante el resto del día Nico se encargó del comedor, asegurándose de que Lucas no estuviera solo ni un momento; Rita le presentó a los amigos de otras clases y entre todos le contaron historias divertidas de cursos anteriores. Julia y Leo eran los encargados del patio largo, e invitaron a Lucas a participar en sus juegos y le enseñaron todos **LOS RINCONES DEL COLE QUE AÚN NO CONOCÍA**.

Al día siguiente, antes de empezar las clases, la maestra se acercó a Lucas.

—¿Qué tal ayer en tu primer día?

—Bueno…, bien… —dijo sin mostrarse muy emocionado.

—**ES POR MAX, ¿VERDAD?** —A Lucas se le escapó una lágrima—. He hablado con él y espero que no vuelva a molestarte. Si necesitas cualquier cosa, **HABLA CONMIGO**.

—¡Yo no soy ningún chivato! —dijo Lucas mientras se iba.

Los días fueron pasando y Lucas se iba acostumbrando al nuevo cole y a sus nuevos compañeros. La mayoría parecían simpáticos y la profesora también le gustaba, pues se había preocupado por él desde el primer día, pero el problema era que Max se mantenía en sus trece: cada vez que pasaba por su lado, hacía algún comentario «gracioso» o **SE BURLABA DE ÉL** por su dinosaurio.

Algunos amigos de Max, siguiéndole la corriente, también empezaron a hacerle bromas de mal gusto. Lucas se sentía cada vez peor, **PARECÍA QUE NO HABÍA ESCAPATORIA** y algunos días se le hacían casi tan largos como el primero.

Un día, al salir del cole y después de despedirse de Lucas, Rita les dijo a sus amigos:

—¡He vuelto a hablar con la profe y hemos pensado un plan! **CANAL 8 A LAS OCHO** y os lo cuento.

A las ocho en punto, los cuatro amigos cogieron sus *walkie-talkies* y conectaron el canal 8.

—**ESTOY LISTA** —dijo Rita.

—Aquí Leo. ¿Estáis ahí?

—Te recibo, Leo —contestó Julia.

—¡Esperad, que tengo que ir a hacer pis! —dijo Nico. Y todos se rieron.

Tras una breve pausa, interrumpida por el sonido de la cisterna del baño, se oyó de lejos a Lucas decir «¡Ya estoy!», y Rita pasó entonces a contarles su plan.

—Lo he estado hablando con la profe y se nos ha ocurrido que, si mañana todos llevamos dinosaurios al cole, **¡LE PLANTAREMOS CARA A MAX Y APOYAREMOS A NUESTRO AMIGO!** —dijo Rita entusiasmada.

—¡Buena idea! —respondió Julia—. Así Lucas no se sentirá solo.

—Y si todos llevamos uno, Max no tendrá motivos para burlarse de él —añadió Julia.

—O… se reirá también de nosotros —añadió Nico con preocupación.

—Me da igual, que se ría si quiere. **NOS LO VAMOS A PASAR GENIAL CON LOS DINOSAURIOS** —dijo Leo.

Y así lo hicieron. Al día siguiente, cada uno llegó al colegio con un dinosaurio diferente. Rita llevó un **TRICERATOPS**, Julia un **TIRANOSAURIO**, Nico un **VELOCIRAPTOR** y Leo un **BRAQUIOSAURIO**. Cuando Lucas los vio con sus dinosaurios, una enorme sonrisa iluminó su cara. Pasaron todo el recreo jugando con sus dinosaurios y pasándoselo en grande… hasta que apareció Max con sus amigos, que les tiraron un puñado de arena encima mientras se reían.

—Vaya, parece que os habéis contagiado y ahora todos tenéis dinosaurios… ¿Mañana vendréis con pañales?

—¡Ya está bien, Max! —dijo Rita levantándose, con los puños cerrados de la rabia.

—¡Vaya, vaya! **RITA SE PONE NERVIOSITA…**

Enseguida, **LUCAS SE LEVANTÓ** y se colocó junto a ella, seguido por Nico, Julia y Leo. Los cinco permanecieron en silencio, de pie frente a Max y sus amigos, cuando de repente sonó el timbre que anunciaba el final del recreo. Max y sus **SECUACES** se alejaron entre risas, convencidos de haberles arruinado el juego.

Lo que los cinco amigos no notaron fue que, a pesar de las burlas de Max, otros niños y niñas que pasaban a su lado **MIRABAN SUS DINOSAURIOS CON CURIOSIDAD**…

PERO LO MEJOR ESTABA POR LLEGAR. Al día siguiente el arenero empezó a llenarse de dinosaurios de otras niñas y niños, incluso algunos de otras clases. Algunos se sentaban cerca de Lucas para escuchar lo que iba contando sobre los dinosaurios… **¡LO SABÍA TODO!**

Y tan entretenidos estaban con el juego que no se dieron cuenta de que nuevamente se acercaba Max con cara de enfado. Parecía dispuesto a meterse con Lucas y sus dinosaurios, pero al ver a tanta gente a su alrededor, **SE QUEDÓ CALLADO** por no saber muy bien qué decir.

Antes de que pudiera pensarlo, el resto de los niños siguió jugando como si él no estuviera allí. Y tal como llegó **SE MARCHÓ SIN DECIR NADA**, y se fue a intercambiar cromos con sus amigos.

¡EL PLAN HABÍA FUNCIONADO! Cada día Lucas salía más contento del colegio, acompañado de sus nuevos amigos. Un día, antes de despedirse, se le acercó Julia y le dio una caja con un *walkie-talkie* y una nota:

«CANAL 8 A LAS OCHO».

—Ho… ¿hola? —dijo Lucas a las ocho en punto de la tarde desde su casa.
—¡Bienvenido, Lucas! —le saludó Nico, y luego le siguieron los demás.
—Gracias por ayudarme con Max. Yo solo no habría podido…
—Siempre hay alguien como Max en todos los coles —le explicó Rita—. Pero nosotros somos más, y también estamos en todos los coles dispuestos a que esos «graciosillos» no se salgan con la suya.

—Claro, porque solo se pueden salir con la suya **SI NOSOTROS NOS CALLAMOS**. Por eso, al ver lo que pasaba, hablamos con la profe y ella nos ayudó.

—Pero… hablar con la profe es de chivatos, ¿no? —preguntó Lucas, un poco confundido.

—¡Noooooo! —exclamó Julia—. **«CHIVARSE»** es cuando hablas con los adultos para meter en problemas a alguien, solo para **FASTIDIAR**. Esto es diferente: lo que hemos hecho es **AVISAR** de un problema para **AYUDAR A ALGUIEN** que lo está pasando mal.

Los días pasaron y, gracias a esas niñas y niños que decidieron **ACTUAR ANTE UNA SITUACIÓN INJUSTA**, Lucas pudo disfrutar del cole y de sus nuevos amigos. Max dejó de meterse con él, así que tuvo que buscar a otra persona de la que burlarse…, aunque esta vez no lo iba a tener nada fácil…

—CANAL 8 A LAS OCHO. ¡HE TENIDO UNA IDEA!

Rita, Julia, Nico, Leo, ahora también Lucas y tantas otras niñas y niños en todo el mundo son **HÉROES EN ESPERA**. Niñas y niños como tú, que esperan el momento adecuado para convertirse en héroes y **EVITAR INJUSTICIAS**. Y tú también puedes ser uno de ellos...

¡TE ESPERAMOS EN EL CANAL 8 A LAS OCHO!

GUÍA PARA FAMILIAS Y EDUCADORES

Accede a este recurso extra donde encontrarás una guía con recomendaciones y consejos para prevenir el bullying desde casa y saber cómo actuar en caso de que se produzca.

Otros libros de los autores para gestionar las emociones en familia:

Para vencer el miedo:

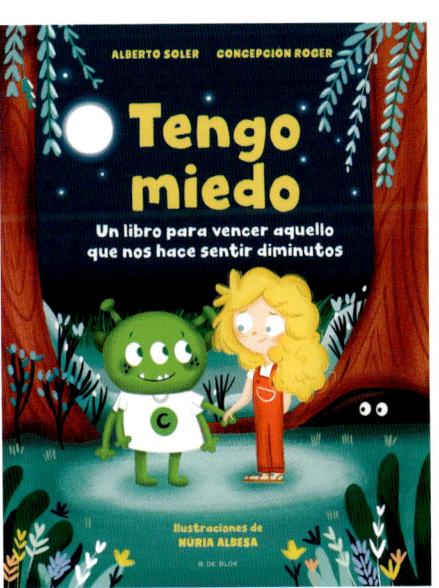

Sobre la ansiedad infantil: